Vente du Jeudi 7 Mai 1896

TABLEAUX ANCIENS

Me G. DUCHESNE

M. Henri HARO

CATALOGUE

DES

TABLEAUX ANCIENS

par

Denner, Van Loo, Pannini, Nicolas Poussin
Rigaud, Joseph Vernet, Wynants, etc.

DONT LA VENTE AURA LIEU

HOTEL DROUOT, SALLE N° 6

Le Jeudi 7 Mai 1896

A DEUX HEURES

EXPOSITION PUBLIQUE

LE MERCREDI 6 MAI 1896

de 1 heure et demie à 5 heures et demie

Mᵉ G. DUCHESNE	**M. HENRI HARO**
COMMISSAIRE-PRISEUR	PEINTRE-EXPERT
6, rue de Hanovre, 6	14, rue Visconti et rue Bonaparte, 20

1896

CE CATALOGUE SE DISTRIBUE

A PARIS, CHEZ

Me G. DUCHESNE	M. Henri HARO
COMMISSAIRE-PRISEUR	PEINTRE-EXPERT
6, rue de Hanovre, 6	14, rue Visconti et rue Bonaparte, 20

CONDITIONS DE LA VENTE

Elle sera faite au comptant.

Les acquéreurs payeront *cinq pour cent* en plus du prix d'adjudication.

TABLEAUX ANCIENS

~~~~

BACKUYSEN (?)

1 — Marine.

T. — H., 0^m,73. L., 1^m,03.

BAUMAN

2 — Halte de Bohémiens.

Signé en bas et daté 1678.

T. — H., 0^m,68. L., 0^m,85.

BOUCHER
(École de)

3 — Pastorale.

T. — H., 0^m,32. L., 0^m,25.
~~~~

CARESME

4 — Bacchante endormie, surprise par des Satyres.

T. — H., 0^m,61. L., 0^m,50.

CHARDIN

(D'après)

5 — Le Bénédicité.

T. — H., 0^m,46. L., 0^m,38.

6 — La Mère laborieuse.

T. — H., 0^m,46. L., 0^m,38.

COURTOIS (JACQUES) *dit* LE BOURGUIGNON

7 — Choc de Cavalerie.

T. — H., 0^m,77. L., 1^m,50.

8 — Une Bataille.

T. — H., 0^m,21. L., 0^m,35.

COYPEL

9 — L'Enlèvement d'Europe.

T. — H., 0ᵐ,79. L., 1ᵐ,00.

CUYP (Albert)

(École de)

10 — La Promenade.

B. — H., 0ᵐ,48. L., 0ᵐ,62.

DEBUCOURT

11 — Le Passage du gué.

B. — H., 0ᵐ,27. L., 0ᵐ,23.

DELAYE

12 — Le Débarquement.

Signé à droite sur une enseigne de boutique.

T. — H., 0ᵐ,17. L., 0ᵐ,25.

13 — La Fête villageoise.

Signé à droite.

T. — H., 0ᵐ,17. L., 0ᵐ,25.

DEMARNE

14 — Le Jeune Montagnard.

> T. — H., 0^m,25. L., 0^m,18.

DENNER (Balthazar)

15 — Portrait d'Homme.

> Un homme d'environ soixante ans, tête nue, cheveux longs sur les tempes; figure fine et bienveillante; costume noir.
> Ancienne collection du duc de Morny.

> T. — H., 0^m,36. L., 0^m,29.

DROUAIS (?)

16 — Portrait de Buffon.

> T. — H., 1^m,23. L., 0^m,97.

ÉCOLE ALLEMANDE

17 — Le Calvaire.

> B. — H., 1^m,15. L., 0^m,77.

ÉCOLE FLAMANDE

18 — La Chasse de Diane.

T. — H., 2ᵐ,10. L., 2ᵐ,65.

19 — Le Christ en croix.

B. — H., 1ᵐ,10. L., 0ᵐ,77.

20 — Les Pêcheurs.

B. — H., 0ᵐ,30. L., 0ᵐ,40.

21 — Ésaü et Jacob.

B. — H., 0ᵐ,26. L., 0ᵐ,33.

22 — Scène biblique.

T. — H., 0ᵐ,26. L., 0ᵐ,33.

23 — Le Calvaire.

B. — H., 0ᵐ,28. L., 0ᵐ,19.

*

ÉCOLE FRANÇAISE

24 — L'Autel de l'Amour.

T. — H., 1^m,00. L., 0^m,75.

25 — Portrait de Femme; époque Louis XIV.

Forme ovale.

T. — H., 0^m,72. L., 0^m,59.

26 — La Coquetterie.

Forme ovale.

T. — H., 0^m,45. L., 0^m,39.

27 — Flore.

Forme ovale.

T. — H., 0^m,45. L., 0^m,39.

ÉCOLE FRANÇAISE

28 — L'Artiste.

La jeune artiste, assise près d'une table, décore un grand vase. Elle tient d'une main son pinceau et de l'autre une loupe. Sa palette est posée à côté d'un verre rempli d'eau où trempent ses pinceaux.

A gauche, on voit assise une petite fille tenant un chien sur ses genoux ; sur la droite, une statue de marbre posée sur un socle.

T. — H., 0^m,37. L., 0^m,32.

ÉCOLE HOLLANDAISE

29 — Le Patinage.

B. — H., 0^m,60. L., 0^m,83.

30 — La Flotte hollandaise.

T. — H., 0^m,58. L., 0^m,83.

31 — Portrait de Vieillard.

B. — H., 0^m,42. L., 0^m,34.

32 — Le Petit Mendiant.

Un petit mendiant demande l'aumône à une blanchisseuse en train de laver son linge.

A gauche on voit le monogramme : P. VE. 1640.

B. — H., 0^m,31. L., 0^m,26.

ÉCOLE HOLLANDAISE

33 — Portrait d'Homme avec collerette et riche costume.

Il tient dans la main droite ses gants; en haut à gauche on voit ses armoiries.
A droite on lit :
Anº 1639.
Ætatis 25.

C. — H., 0^m,19. L., 1^m,15.

34 — Portrait de Dame.

Pendant du précédent.
Les armoiries sont en haut à droite, et à gauche on lit :
Anº 1639.

C. — H., 0^m,19. L., 0^m,15.

ÉCOLE ITALIENNE

35 — Le Silence.

T. — H., 0^m,81. L., 0^m,66.

36 — La Résurrection.

Saint Paul.

Panneau à double face.

B. — H., 0^m,46. L., 0^m,23.

ÉCOLE ITALIENNE

37 — L'Ensevelissement.
La Vierge.

Panneau à double face.

B. — H., 0m,46. L., 0m,23.

38 — Portrait de Jeune Femme.

T. — H., 0m,44. L., 0m,36.

39 — Vierge et l'Enfant Jésus entourés de deux anges.

B. — H., 0m,29. L., 0m,24.

40 — La Salutation angélique.

B. — H., 0m,20. L., 0m,28.

41 — Vierge et Enfant.

C. — H., 0m,20. L., 0m,24.

42 — Christ en croix.

B. — H., 0m,23 1/2. L., 0m,09.

FERA

43 — Fête villageoise.

Composition animée de nombreuses petites figures.
Signé en bas à gauche sur une pierre.

C. — H., 0ᵐ,28. L., 0ᵐ,39.

GELÉE (CLAUDE) *dit* LE LORRAIN

(Attribué à)

44 — Paysage. Étude.

T. — H., 0ᵐ,22. L., 0ᵐ,34.

GELÉE (CLAUDE) *dit* LE LORRAIN

(École de)

45 — Marine.

Joli cadre en bois sculpté.

C. — H., 0ᵐ,09. L., 0ᵐ,17.

46 — Marine.

Joli cadre en bois sculpté.

C. — H., 0ᵐ,09. L., 0ᵐ,17.

GREUZE

(École de)

47 — Portrait de Fillette.

T. — H., 0ᵐ,46. L., 0ᵐ,38.

GREUZE

(École de)

48 — Tête de Jeune Fille.

B. — H., 0ᵐ,35. L., 0ᵐ,26.

GUIDO RENI

(Attribué à)

49 — La Musique. Allégorie.

T. — H., 0ᵐ,62. L., 0ᵐ,72.

50 — L'Histoire. Allégorie.

T. — H., 0ᵐ,62. L., 0ᵐ,72.

HALS (DYRCK)

51 — Scène de la vie de l'Enfant prodigue.

T. — H., 0^m,60. L., 0^m,80.

HUET (?)

52 — La Moisson.

T. — H., 0^m,68. L., 1^m,33.

JORDAENS (?)

53 — La Sortie du bain.

T. — H., 1^m,15. L., 0^m,95.

LACROIX (FRANÇOIS-ÉTIENNE DE)

54 — Paysage marine. La Pêche.

T. — H., 0^m,55. L., 0^m,81.

LAGRENÉE (?)

55 — Diane et Actéon.

Forme ovale.

C. — H., 0^m,87. L., 0^m,73.

56 — Diane et Calisto.

Forme ovale.

C. — H., 0^m,87, L., 0^m,73.

LAGRENÉE

(Attribué à)

57 — L'Éducation de Bacchus.

T. — H., 1^m,10. L., 1^m,05.

LANCRET

(École de)

58 — Les Provisions.

T. — H., 0^m,60. L., 0^m,80.

LARGILLIÈRE (?)

59 — Portrait d'Homme.

Il est vêtu d'un vêtement brun, et de son col entr'ouvert s'échappe un ruban rose. Accoudé à une table sur laquelle est une gravure, il est représenté, la tête vue de trois quarts, coiffé d'une grande perruque blanche.

T. — H., 0^m,81. L., 0^m,65.

LAVREINCE (?)

60 — La Comparaison.

Les deux jeunes femmes sont représentées comme dans la gravure de Janinet.

T. — H., 1^m,95. L., 1^m,69.

LONGHI (Pierre)

(Attribué à)

61 — Le Magicien.

T. — H., 0^m,41. L., 0^m,81.

62 — L'Arracheur de dents.

T. — H., 0^m,41. L., 0^m,81.

LOO (Van)

63 — Portrait de Dame de qualité.

Assise dans un fauteuil, elle tient un chat angora sur ses genoux.

Elle est vêtue d'un riche costume de soie bleue avec manches en dentelles; la tête est vue de trois quarts et ses cheveux poudrés sont ornés de perles et de fleurs.

Signé à gauche et daté 1756.

Cadre en bois sculpté.

T. — H., 0^m,92. L., 0^m,73.

MEULEN (Van der) (?)

64 — Portrait de Louis XIV à cheval.

T. — H., 0^m,67. L., 0^m,73.

MICHAUT

65 — Le Débarquement du poisson.

Signé à gauche.

B. — H., 0^m,29. L., 0^m,35.

66 — Le Marché.

Signé à droite.

B. — H., 0^m,28. L., 0^m,35.

MIGNARD (?)

67 — Portrait de Dame de qualité.

T. — H., 0^m,72. L., 0^m,59.

MIGNARD

(Attribué à)

68 — Le Petit Pasteur; portrait d'un Enfant de France.

T. — H., 0^m,53. L., 0^m,59.

MOREAU (Antonio)

(Attribué à)

69 — Portrait d'Homme.

B. — H., 0^m,42. L., 0^m,33.

MORONI

70 — Jeune Page tenant une corbeille de fleurs.

T. — H., 0^m,67. L., 0^m,65.

MOUCHERON (?)

71 — Diane et ses Nymphes.

T. — H., 0^m,88. L., 0^m,76.

NATTIER

(École de)

72 — La Lecture dans le parc ; portrait
de Dame de qualité.

T. — H., 0^m,91. L., 0^m,73.

NEER (Van der)

73 — Clair de lune. Paysage.

Une rivière bordée à droite et à gauche
par des maisons éclairées par les rayons de
la lune qui se lève.

B. — H., 0^m,23. L., 0^m,32.

OUWATER

74 — Vue d'Amsterdam.

Signé à droite et daté 1781.

T. — H., 0^m,45. L., 0^m,57.

75 — Pendant du précédent.

Signé à droite et daté 1781.

T. — H., 0^m,45. L., 0^m,57.

PANNINI

76 — Ruines romaines.

T. — H., 0^m,74. L., 1^m,16.

PANNINI

(École de)

77 — Tobie et l'Ange.

T. — H., 0^m,48. L., 0^m,67.

PARIS-BORDONNE

(Attribué à)

78 — Portrait d'une Dame vénitienne.

T. — H., 1^m,00. L., 0^m,81.

PETERS (?)

79 — Marine.

T. — H., 0^m,54. L., 0^m,72.

PONTE *dit* Bassano

(École de)

80 — Paysage et Animaux.

T. — H., 0^m,55. L., 0^m,70.

POURBUS (?)

81 — Portrait d'Homme en collerette.

B. — H., 0^m,47. L., 0^m,37.

POUSSIN (Nicolas)

82 — La Mort de Germanicus.

Germanicus est étendu sur son lit, près de succomber; près de lui, on voit son épouse désolée et ses trois enfants dont le plus jeune est dans les bras de sa nourrice. Plusieurs soldats, ses amis fidèles, se tiennent autour de lui; il leur montre de la main sa famille et semble la placer sous leur sauvegarde.

T. — H., 1^m,35. L., 1^m,92.

RIGAUD (Hyacinthe)

83 — Portrait du grand Dauphin.

Forme ovale.

T. — H., 0^m,90. L., 0^m,70.

ROQUES *dit* Zorg

84 — Intérieur de cuisine.

Quelques buveurs sont attablés et sur la droite on aperçoit de nombreux accessoires.

B. — H., 0^m,47. L., 0^m,56.

RUBENS

(École de)

85 — L'Enlèvement des Sabines.

C. — H., 0^m,68. L., 0^m,92.

86 — Le Combat des Romains et des Sabins.

C. — H., 0^m,68, L., 0^m,92

87 — La Madeleine.

T. — H., 0^m,60. L., 0^m,49.

88 — Allégorie.

C. — H., 0^m,40. L., 0^m,28.

SANDERS (G.)

89 — Fleurs.

Signé à droite et daté 1751.

B. — H., 0^m,48. L., 0^m,39.

SCHALKEN (G.)

90 — Le Piège.

Dans une cave, où sont déposées diverses provisions, un jeune garçon, un chandelier à la main, vient de relever une souricière et constate avec satisfaction qu'il a utilement tendu son piège.
Forme cintrée du haut.

B. — H., 0^m,29. L., 0^m,23.

SCHALKEN

(Attribué à)

91 — Le Philosophe.

B. — H., 0^m,34. L., 0^m,28.

SCHALL

(Attribué à)

92 — La Servante officieuse.

Gouache.

SUVÉE (J.-B.)

93 — La Mort de Cléopâtre.

N° 23 de l'*Exposition des peintures, sculptures et gravures de Messieurs de l'Académie royale* en 1785.

T. — H., 1^m,14. L., 1^m,47.

TÉNIERS

(Attribué à)

94 — Intérieur de tabagie.

B. — H., 0^m,36. L., 0^m,27.

TIEPOLO (?)

95 — L'Institution du Rosaire.

T. — H., 1^m,24. L., 1^m,19.

TIEPOLO

(École de)

96 — Sujet mythologique.

T. — H., 0^m,73. L., 0^m,60.

VENNE (Van de)

(Attribué à)

97 — Cour d'amour.

B. — H., 0^m,48. L., 0^m,35.

VERNET (Joseph)

98 — Le Débarquement.

Une nombreuse société débarque dans un site pittoresque. Au premier plan, quelques musiciens lui donnent une aubade.
Signé à droite et daté 1743.

T. — H., 0^m,70. L., 0^m,95.

VERONÈSE

(École de)

99 — Moïse sauvé des eaux.

T. — H., 1^m,21. L., 1^m,48.

VLIEGER (Simon de)

100 — L'Approche de l'orage. Marine.

T. — H., 1^m,03. L., 1^m,65.

WATTEAU

(École de)

101 — Bal sous la feuillée.

B. — H., 0ᵐ,32. L., 0ᵐ,40.

WYNANTS (Jan)

102 — La Maison rustique.

Une pittoresque habitation aux parois de briques disjointes et de crépi à demi disparu, aux poutrelles entrecroisées, à la toiture de chaume, est construite sur une éminence moussue où se dressent trois vieux saules ébranchés. Au pied du monticule, un tronc d'arbre à moitié écorcé gît renversé parmi les gravats et les chardons.

Un petit chien blanc, tacheté de roux, est couché auprès d'un bât. Au milieu de la route sinueuse, qui contourne la maison, un campagnard s'apprête à harnacher un cheval bai. Sur le talus qui borde ce chemin, à gauche, sont assis un colporteur et une femme tenant une quenouille.

Ce tableau figurait dans la collection sous le nom de Wynants, dont il est digne à tous égards. Nous croyons cependant devoir relater l'opinion de personnes compétentes qui ont cru reconnaître une production de

la première manière **de Philippe Wouwer**-
mans, alors qu'il était encore sous l'influence
de Wynants, son maître; de l'un ou de
l'autre de ces deux artistes, c'est une œuvre
très remarquable pour la transparence du
coloris et le précieux fini des détails dans
les plantes et les écorces d'arbres, rendus
avec une rare perfection.

Les figures et les animaux sont d'une
autre main; on les attribue, non sans raison,
à Isack van Ostade.

Ancienne collection de M. le prince Paul
Troubetzkoÿ.

T. — H., 0^m,65. L., 0^m,72.

WŒNIX (J.-B.)

(Attribué à)

103 — Nature morte.

T. — H., 0^m,97. L., 1^m,35.

104 — Sous ce numéro seront vendus les
tableaux non catalogués.

2705. — Lib.-Imp. réunies, rue Mignon, 2, Paris.

RED. :

16

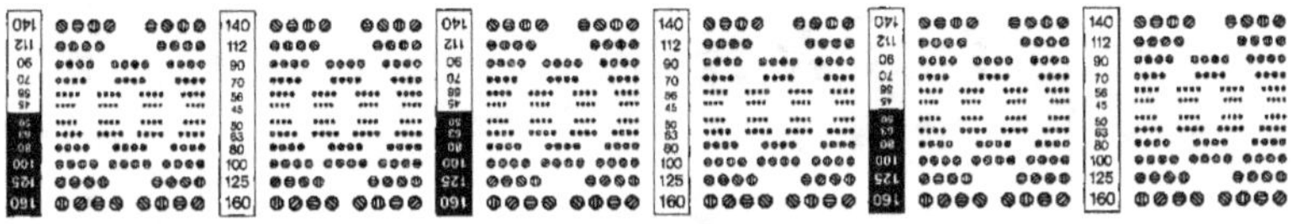

379.89.70
graphicom

0 1 2 3 4 5 6 7 8 9 10